# LES JOYEUSES HISTOIRES DE NOS PÈRES

VIII

LES JOYEUSES

# HISTOIRES

DE NOS PÈRES

VIII

CORBEIL. — IMPRIMERIE B. RENAUDET

MARGUERITE DE NAVARRE

Subtilité d'un amant

LES JOYEUSES

# HISTOIRES

DE NOS PÈRES

Mieux est de ris que de larmes escripre
Pour ce que rire est le propre de l'homme.

RABELAIS.

PAR

[illegible]

PARIS

CHEZ TOUS LES LIBRAIRES

[illegible]

# LES JOYEUSES HISTOIRES DE NOS PÈRES

Mieux est de ris que de larmes écrire
Parce que rire est le propre de l'homme

RABELAIS.

VIII

LA VIEILLE A LA FESSE COUPÉE. — GENTILHOMME ET CHAMBRIÈRE
SUBTILITÉ D'UN AMANT, ETC.

PARIS
CHEZ TOUS LES LIBRAIRES
M.DCCC.LXXXIV

# I

## LA VIEILLE A LA FESSE COUPÉE

JE suis la fille du pape Urbain X et de la princesse de Palestrine. On m'éleva jusqu'à quatorze ans dans un palais auquel tous les châteaux des barons allemands n'auraient pas servi d'écurie. Je croissais en beauté, en grâces, en talents, au milieu des plaisirs, des respects et des espérances. J'inspirais déjà de l'amour, ma gorge se formait; et quelle gorge! blanche, ferme, taillée comme celle de la Vénus de Médicis; et quels yeux! quelles paupières! quels sourcils noirs! quelles flammes brillaient dans mes deux prunelles, et effaçaient la scintillation des étoiles, comme me disaient les poètes du quartier! Les femmes qui m'habillaient et qui me déshabillaient tombaient en extase en me regardant par devant et par derrière; et tous les hommes auraient voulu être à leur place.

Je fus fiancée à un prince souverain de Massa-Carrara : quel prince! aussi beau que moi, pétri de douceur et d'agréments; brillant d'esprit et brûlant d'amour : je l'aimais comme on aime pour la première fois, avec idolâtrie, avec emportement. Les noces furent préparées : c'étaient une pompe, une magnificence inouïes; c'étaient des fêtes, des carrousels, des opéra-buffa continuels; et toute l'Italie fit pour moi des sonnets dont il n'y eut pas un seul de passable. Je touchais au moment de mon bonheur, quand une vieille marquise, qui avait été maîtresse de mon prince, l'invita à prendre du chocolat chez elle : il mourut en moins de deux heures avec des convulsions épouvantables; mais ce n'est qu'une bagatelle.

Ma mère au désespoir, et bien moins affligée que moi, voulut s'arracher pour quelque temps à un séjour si funeste. Elle avait une très belle terre auprès de Gaëte; nous nous embarquâmes sur une galère du pays, dorée comme l'autel de Saint-Pierre de Rome. Voilà qu'un corsaire de Salé fond sur nous et nous aborde: nos soldats se défendirent comme des soldats du pape; ils se mirent tous à genoux en jetant leurs armes, et en demandant au corsaire une absolution in *articulo mortis*.

Aussitôt, on les dépouilla nus comme des singes, et ma mère aussi, nos filles d'honneur aussi, et moi aussi. C'est une chose admirable que la diligence avec laquelle ces messieurs déshabillent le monde: mais ce qui me surprit davantage, c'est qu'ils nous mirent à tous le doigt dans un endroit où, nous autres femmes, nous ne nous laissons mettre d'ordinaire que des canules. Cette cérémonie me paraissait bien étrange; voilà comme on juge de tout quand on n'est pas sorti de son pays. J'appris bientôt que c'était pour voir si nous n'avions pas caché là quelques diamants; c'est un usage établi de temps immémorial parmi les nations policées qui courent sur mer. J'ai su que messieurs les religieux chevaliers de Malte n'y manquent jamais quand ils prennent des Turcs et des Turques : c'est une loi du droit des gens à laquelle on n'a jamais dérogé.

Je ne vous dirai point combien il est dur pour une jeune princesse d'être menée esclave à Maroc avec sa mère; vous concevez assez tout ce que nous eûmes à souffrir dans le vaisseau corsaire. Ma mère était encore très belle; nos filles d'honneur, nos simples femmes de chambre avaient plus de charmes qu'on n'en peut trouver dans toute l'Afrique; pour moi j'étais ravissante, j'étais la beauté, la grâce même, et j'étais pucelle : je ne le fus pas longtemps; cette fleur, qui avait été réservée pour le beau prince de Massa-Carrara, me fut ravie par le capitaine corsaire : c'était un nègre abominable, qui croyait encore me faire beaucoup d'honneur.

Certes, il fallait que madame la princesse de Palestrine et moi fussions bien fortes pour résister à tout ce que nous éprouvâmes jusqu'à notre arrivée; cinquante fils de l'empereur Muley-Ismaël avaient chacun leur parti; ce qui produisait en effet cinquante guerres civiles de noirs contre noirs, de noirs contre basanés, de basanés contre basanés, de mulâtres contre mulâtres : c'était un carnage continuel dans toute l'étendue de l'empire.

A peine fûmes-nous débarquées, que des noirs d'une faction ennemie de celle de mon corsaire se présentèrent pour lui enlever son butin. Nous étions, après les diamants et l'or, ce qu'il avait de plus précieux : je fus témoin d'un combat tel que vous n'en voyez jamais dans vos climats d'Europe. Les peuples septentrionaux n'ont pas le sang assez ardent; ils n'ont pas la rage des femmes au point où elle est commune en Afrique : il semble que vos Européens aient du lait dans la veine, c'est du vitriol, c'est du feu qui coule dans celles des habitants du mont Atlas et des pays voisins. On combattit avec la fureur des lions, des tigres et des serpents de la contrée pour savoir qui nous aurait. Un Maure saisit ma mère par le bras droit, le lieutenant de mon capitaine la retint par le bras gauche; un soldat maure la prit par une jambe, un de nos pirates la tenait de l'autre; nos filles se trouvèrent presque toutes en un moment tirées ainsi à quatre soldats. Mon capitaine me tenait cachée derrière lui; il avait le cimeterre au poing et tuait tout ce qui s'opposait à sa rage; enfin, je vis toutes nos Italiennes et ma mère déchirées, coupées, massacrées par les monstres qui se les disputaient; les captifs mes compagnons, ceux qui les avaient pris, soldats, matelots, noirs, basanés, blancs, mulâtres, et enfin mon capitaine, tout fut tué, et je demeurai mourante sur un tas de morts. Des scènes pareilles se passaient, comme on sait, dans l'étendue de plus de trois cents lieues, sans qu'on manquât aux cinq prières par jour ordonnées par Mahomet.

Je me débarrassai avec beaucoup de peine de la foule de tant de cadavres sanglants entassés, et je me traînai sous un grand oranger, au bord d'un ruisseau voisin ; j'y tombai d'effroi, de lassitude, d'horreur, de désespoir et de faim. Bientôt après mes sens accablés se livrèrent à un sommeil qui tenait plus de l'évanouissement que du repos. J'étais dans cet état de faiblesse et d'insensibilité, entre la mort et la vie, quand je me sentis pressée de quelque chose qui s'agitait sur mon corps ; j'ouvris les yeux, je vis un homme blanc et de bonne mine, qui soupirait et qui disait entre ses dents :

— *O che sciagura d'essere senza cogl....!*

*
* *

Étonnée et ravie d'entendre la langue de ma patrie, et non moins surprise des paroles que proférait cet homme, je lui répondis qu'il y avait de plus grands malheurs que celui dont il se plaignait ; je l'instruisis en peu de mots des horreurs que j'avais essuyées, et je retombai en faiblesse. Il m'emporta dans une maison voisine, me fit mettre au lit, me fit donner à manger, me servit, me consola, me flatta, me dit qu'il n'avait rien vu de si beau que moi, et que jamais il n'avait tant regretté ce que personne ne pouvait lui rendre.

— Je suis né à Naples, me dit-il, on y chaponne deux ou trois mille enfants tous les ans : les uns en meurent ; les autres acquièrent une voix plus belle que celle des femmes. On me fit cette opération avec un très grand succès, et j'ai été musicien de la chapelle de madame la princesse de Palestrine.

— De ma mère ! m'écriai-je.

— De votre mère ! s'écria-t-il en pleurant ; quoi ! vous seriez cette jeune princesse que j'ai élevée jusqu'à l'âge de six ans, et qui promettait déjà d'être aussi belle que vous êtes?

— C'est moi-même ; ma mère est à quatre cents pas d'ici, coupée en quartiers, sous un tas de morts...

Je lui contai tout ce qui m'était arrivé ; il me conta aussi ses aventures et m'apprit comment il avait été envoyé chez le roi de Maroc par une puissance chrétienne, pour conclure avec ce monarque un traité par lequel on lui fournirait de la poudre, des canons, et des vaisseaux pour l'aider à exterminer le commerce des autres chrétiens.

— Ma mission est faite, dit cet honnête eunuque ; je vais m'embarquer à Ceuta, et je vous ramènerai en Italie : *Ma che sciagura d'essere senza cogl...!*

Je le remerciai avec des larmes d'attendrissement ; et, au lieu de me mener en Italie, il me conduisit à Alger et me vendit au dey de cette province. A peine fus-je vendue, que cette peste qui a fait le tour de l'Afrique, de l'Asie et de l'Europe, se déclara dans Alger avec fureur. Vous avez vu des tremblements de terre ; mais, mademoiselle, avez-vous jamais vu la peste?

La peste est bien au-dessus d'un tremblement de terre. Elle est fort commune en

Afrique; j'en fus attaquée. Figurez-vous quelle situation pour la fille d'un pape, âgée de quinze ans, qui, en trois mois de temps, avait éprouvé la pauvreté, l'esclavage, avait été violée presque tous les jours, avait vu couper sa mère en quatre, avait essuyé la faim et la guerre, et mourait pestiférée dans Alger. Je n'en mourus pourtant pas; mais mon eunuque, et le dey, et presque tout le sérail d'Alger, périrent.

Quand les premiers ravages de cette épouvantable peste furent passés, on vendit les esclaves du dey. Un marchand m'acheta et me mena à Tunis, il me vendit à un autre marchand, qui me revendit à Tripoli; de Tripoli je fus revendue à Alexandrie, d'Alexandrie revendue à Smyrne, de Smyrne à Constantinople : j'appartins enfin à un aga des janissaires, qui fut bientôt commandé pour aller défendre Azof contre les Russes qui l'assiégeaient.

L'aga, qui était un très galant homme, mena avec lui tout son sérail, et nous logea dans un petit fort sur les Palus-Méotides, gardé par deux eunuques noirs et vingt soldats. On tua prodigieusement de Russes, mais ils nous le rendirent bien : Azof fut mis à feu et à sang, et on ne pardonna ni au sexe ni à l'âge : il ne resta que notre petit fort ; les ennemis voulurent nous prendre par famine. Les vingt janissaires avaient juré de ne jamais se rendre ; les extrémités de la faim où ils furent réduits les contraignirent à manger nos deux eunuques, de peur de violer leur serment : au bout de quelques jours, ils résolurent de manger les femmes.

Nous avions un iman très pieux et très compatissant, qui leur fit un beau sermon, par lequel il leur persuada de ne nous pas tuer tout à fait :

— Coupez, dit-il, seulement une fesse à chacune de ces dames, vous ferez très bonne chère ; s'il faut y revenir, vous en aurez encore autant dans quelques jours : le ciel vous saura gré d'une action si charitable, et vous serez secourus.

Il avait beaucoup d'éloquence, il les persuada. On nous fit cette horrible opération ; l'iman nous appliqua le même baume qu'on met aux enfants qu'on vient de circoncire ; nous étions toutes à la mort.

A peine les janissaires eurent-ils fait le repas que nous leur avions fourni que les Russes arrivent sur des bateaux plats ; pas un janissaire ne réchappa : les Russes ne firent aucune attention à l'état où nous étions. Il y a partout des chirurgiens français ; un d'eux, qui était fort adroit, prit soin de nous, il nous guérit ; et je me souviendrai toute ma vie que, quand mes plaies furent bien fermées, il me fit des propositions : au reste, il nous dit à toutes de nous consoler ; il nous assura que dans plusieurs sièges pareille chose était arrivée, et que c'était la loi de la guerre.

Dès que mes compagnes purent marcher, on les fit aller à Moscou ; j'échus en partage à un boyard, qui me fit sa jardinière, et qui me donna vingt coups de fouet par jour : mais ce seigneur ayant été roué au bout de deux ans avec une trentaine de boyards pour quelque tracasserie de cour, je profitai de cette aventure; je m'enfuis; je traversai toute la Russie; je fus longtemps servante de cabaret à Riga, puis à Rostock, à Vismar, à Leipsick, à Cassel, à Utrecht, à Leyde, à la Haye, à Rotterdam. J'ai vieilli dans la misère et dans l'opprobre, n'ayant que la moitié d'un derrière et me souvenant toujours que j'étais fille d'un pape.

VOLTAIRE.

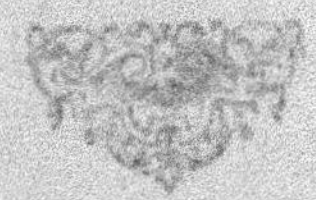

# II

## GENTILHOMME ET CHAMBRIÈRE

UN gentilhomme de Bourgogne s'en alla naguères à Paris, et se logea en un très bon hôtel. Il n'eut guère été en son logis, lui qui connaissait mouche en lait, qu'il n'aperçut une chambrière de mine accommodante. Il ne lui cacha point ce qu'il avait sur le cœur, et lui demanda l'amoureuse aumône. Il fut tout d'abord repoussé avec perte.

— Est-ce à moi que vous devez adresser de telles paroles? Je veux que vous sachiez que jamais je ne déshonorerai l'hôtel où je demeure. — Le gentilhomme, qui comprit bien qu'elle ne demandait pas mieux que de besoigner, lui répondit :

« Ma mie, si j'en avais le temps, je vous dirais des choses dont vous seriez bien contente, et dont vous tireriez grand bien, mais parce que je ne veux pas vous parler devant tout le monde afin que vous ne soyez pas soupçonnée, je vous enverrai mon varlet qui s'expliquera avec vous. »

Et sur ce point notre gentilhomme s'en va, puis appelle son serviteur, qui était un galant tout éveillé, lui conta son cas, et le chargea de poursuivre raidement sa besogne, sans épargner bourdes ni promesses. Le valet dit qu'il fera bien son personnage. Au plus tôt, il alla trouver la servante, et Dieu sait s'il joua du bec ! Elle lui dit un mot tranché :

— Je sais bien ce que votre maître veut, mais il ne touchera jà dix écus.

Le valet fit son rapport à son maître qui

n'était pas assez large pour donner dix écus à une telle demoiselle.

— Quoi qu'il en soit, elle ne reviendra pas sur sa parole. Encore faut-il passer par la chambre de l'hôte pour aller dans la sienne. Regardez ce que vous avez à faire.

— Par la mort-bleu ! dit-il, mes dix écus me font bien du mal de les voir ainsi partir, mais j'ai si grande dévotion au saint, qu'il faut que je besoigne. Au diable soit l'avarice. Elle les aura.

— Voulez-vous, demanda le valet, que je lui dise qu'elle les aura ?

— Oui, de par le diable ! Oui ! dit-il.

Le valet trouva la bonne fille, et lui apprit qu'elle aurait les dix écus, et encore mieux.

— C'est bien, dit-elle.

Pour abréger, l'heure vint du rendez-vous assigné à l'écuyer ; mais jamais elle ne voulut le guider dans sa chambre avant que l'écuyer lui donnât les dix écus. Qui fut mal content, ce fut notre homme qui pensa, en traversant la chambre de l'hôte et en cheminant, à ses noces trop coûteuses, au moyen de jouer un bon tour. Ils sont venus si doucement dans la chambre que le maître ni sa dame ne savent rien ; et l'écuyer se promet d'employer son argent le mieux qu'il peut. Il se met à l'ouvrage et fait merveille. Ils passèrent de longues heures à deviser, et le jour était proche quand la très bonne chambrière lui va dire : « Or, ça, Sire, j'ai été très contente de mettre en votre obéissance et jouissance ce que je regarde au monde le plus cher. Aussi je vous prie de vous habiller et de partir, car voici le matin, et si d'aventure mon maître ou ma maîtresse venait ici, comme ils le font quelquefois, je serais perdue, et vous ne seriez guère mieux partagé au jeu.

— Je ne sais, dit le bon écuyer, quel bien ou quel mal en adviendra, mais je me reposerai et dormirai tout à mon aise, et, afin que que je n'aie pas peur, vous me tiendrez compagnie s'il vous plaît.

— Ha ! mon seigneur, cela ne peut se faire ainsi. Il sera jour tout à l'heure, et si l'on vous trouvait ici, que deviendrais-je ? J'aimerais mieux mourir, ce qui adviendra si vous ne vous pressez point.

— Cela m'importe peu, dit l'écuyer ; mais je vous assure que je ne partirai point d'ici tant que vous ne m'aurez pas rendu mes dix écus.

— Vos dix écus ! Êtes-vous assez discourtois pour me les reprendre après me les avoir donnés ? sur ma foi, vous ne montrez pas que vous êtes gentilhomme.

— Tel que je suis, je ne partirai pas avant d'avoir les dix écus ; vous les avez gagnés trop facilement.

Pour finir le conte, force fut à la bonne gentille femme, malgré tous ses regrets, de débourser les dix écus afin que l'écuyer s'en aille. Quand les dix écus furent en la main de celui auquel ils appartenaient, celle qui pensait enrager tant elle était mécontente :

— Maintenant que vous vous êtes bien joué de moi, au moins avancez-vous, et qu'il suffise que vous seul connaissiez ma folie ; ne faites point qu'elle soit connue par votre retard.

— A votre honneur, dit l'écuyer, j'aurai bien garde de toucher; gardez-le autant que vous l'aimez; mais je vous ordonne de me rendre et mettre au lieu d'où je suis parti, car ce n'est pas mon intention de retourner comme je suis venu.

La chambrière, craignant une esclandre plus que la mort, voyant aussi que le jour commençait à se lever, avec tout le déplaisir que son cœur augmente, charge l'écuyer et le met sur son dos. Et comme elle passait ce fardeau par la chambre de son maître, le plus doucement possible, le courtois gentilhomme, tenant lieu de bahut sur le dos de celle qui sur son ventre l'avait soutenu, laissa couler un gros pet, dont le son fit éveiller l'hôte qui demanda avec effroi :

— Qui est-ce cela ?

— C'est votre chambrière, dit l'écuyer, qui me porte rendre où elle m'avait emprunté.

A ces mots la pauvre femme n'eut plus de

cœur, puissance ni vouloir de porter son fardeau. Et l'hôte, après avoir vu ce que c'était, parla très bien à l'épousée qui, toute déçue, partit de céans peu de temps après. Et l'écuyer retourna en Bourgogne et raconta cette aventure à ses galants compagnons.

MONSEIGNEUR DE LA ROCHE.

# III

## SUBTILITÉ D'UN AMANT

Du temps que le grand maître de Chaumont était gouverneur du duché de Milan, il y avait un gentilhomme, nommé Bonnivet, que son mérite a fait depuis amiral de France. Comme ses grandes vertus le faisaient aimer de tout le monde, il se trouvait volontiers aux régals où étaient les dames auprès desquelles il était mieux venu que ne fut jamais Français, tant parce qu'il était bien fait et agréable, et qu'il parlait bien, que parce qu'il passait pour le plus adroit et le plus résolu soldat de son temps.

Un jour de carnaval qu'il allait en masque, il fit danser une des dames de la ville la mieux faite et la plus belle. A toutes les pauses que faisaient les hautbois, il ne manquait pas de lui parler d'amour; ce qu'il savait mieux faire que personne. La belle, qui ne se croyait pas obligée de répondre à ces très humbles supplications, l'arrêta tout court et lui dit sur-le-champ qu'elle n'aimait et n'aimerait jamais que son mari, et qu'il devait s'adresser ailleurs. Cette réponse ne rebutant point Bonnivet, qui ne se croyait pas encore refusé, il poussa sa pointe et la sollicita vivement jusque à la mi-carême.

Il trouva toujours la belle inébranlable, et ne pouvait croire ce qu'il voyait, vu la mauvaise mine du mari et la beauté de la femme. Sentant donc qu'elle usait de dissimulation, il résolut d'avoir recours à la fraude et discontinua dès lors ses sollicitations. Il s'informa de sa conduite et apprit qu'elle aimait un gentilhomme italien qui avait de la sagesse et de la vertu. Bonnivet fit connaissance peu à peu avec l'Italien, et s'y prit si adroitement qu'il ne s'aperçut aucunement du motif qui le faisait agir. Il eut pour lui une si parfaite estime, qu'à sa belle près, c'était la personne du monde qu'il aimait le plus. Bonnivet, pour tirer le secret du gentilhomme italien, fit semblant de lui dire le sien, et lui dit qu'il aimait une dame qu'il ne devinerait jamais, le priant au reste de garder le secret, afin qu'ils n'eussent tous deux qu'un cœur et une pensée.

L'Italien, pour répondre à la confiance que Bonnivet avait en lui, l'instruisit tout du long de l'amour qu'il avait pour celle dont il s'agit, et dont Bonnivet voulait se venger. Ils se voyaient tous les jours et se rendaient réciproquement compte des bonnes fortunes de la journée, avec cette différence que l'un mentait et l'autre disait la vérité. L'Italien avoua qu'il y avait trois ans qu'il aimait la dame en question sans en avoir eu que de bonnes paroles et des assurances d'être aimé. Bonnivet lui donna tous les conseils dont il put s'aviser ; et l'Italien se trouva si bien de ses conseils, qu'en peu de jours elle lui accorda tout ce qu'il demandait.

Il ne s'agissait plus que de trouver moyen de se voir ; mais comme Bonnivet était fertile en expédients, ce moyen fut bientôt trouvé.

— Je vous suis plus obligé qu'à aucun homme du monde, lui dit un jour l'Italien avant souper ; car, grâce à vos bons conseils, j'espère avoir, cette nuit, ce que je souhaite depuis tant d'années.

— Je vous prie, dit alors Bonnivet, que je sache ce que c'est que votre entreprise, afin que si c'est un effet du hasard, ou qu'il y entre de l'artifice, je puisse vous aider et servir comme votre ami.

Il apprit que la belle pouvait laisser la grande porte de la maison ouverte, sous prétexte qu'un de ses frères qui était malade envoyait à toute heure en ville quérir ce qu'il avait besoin : que l'Italien devait entrer par cette porte dans la cour, mais ne pas monter par l'escalier, et, passant par un petit degré à main droite, entrer dans la première galerie qu'il trouverait, où toutes les portes des chambres de son beau-père et de son beau-frère se rendaient ; de bien choisir la troisième porte, la plus proche du degré, et que, si, en la poussant doucement, il la trouvait fermée, il n'avait qu'à s'en retourner, bien assuré que le mari était de retour, qu'on lui avait dit néanmoins ne devoir revenir que dans deux jours ; mais que, s'il la trouvait ouverte, il n'avait qu'à entrer doucement et fermer la porte au verrou, persuadé qu'il n'y aurait dans la chambre que la belle ; mais surtout qu'il avait odrre de venir avec des souliers de feutre, pour ne pas faire de bruit, et de ne partir de chez lui que deux heures après minuit ne fussent sonnées, parce que les beaux-frères de la belle, qui aimaient le jeu, ne se couchaient jamais qu'il ne fût plus d'une heure. Bonnivet le félicita, lui souhaita bon voyage, et lui dit que, s'il lui était bon à quelque chose, il ne l'épargnât pas. L'Italien le remercia, et lui dit que, comme en ces sortes de choses on ne pouvait pas prendre trop de précautions, il s'en allait donner ordre à tout.

Bonnivet, de son côté, ne dormit pas, et, voyant qu'il était temps de se venger de la belle, il se retira de bonne heure; se fit faire la barbe de la longueur et de la largeur que l'Italien la portait, et se fit couper les cheveux, afin qu'en touchant, on ne pût le reconnaître. Les souliers de feutre ne furent pas oubliés, non plus que les autres choses que portait l'Italien. Comme il était fort considéré du beau-père de la belle, il ne fit point difficulté d'y aller de bonne heure, résolu, en cas qu'il fût aperçu, d'aller droit à la chambre du bonhomme avec lequel il avait des affaires.

Il vint à minuit chez la belle, où il trouva assez d'allants et venants; mais il passa sans être reconnu, et entra dans la galerie. Il toucha les deux premières portes et les trouva fermées. La troisième étant ouverte, il entra et ferma la porte au verrou. La chambre était toute tendue de blanc, et il y avait un lit avec une garniture de la même couleur, d'une toile si déliée et si ouvragée qu'on ne pouvait rien voir de plus propre. La belle était seule et au lit, parée avec la dernière richesse. A la faveur d'un gros flambeau de cire blanche dont la chambre était illuminée, il vit par un coin du rideau la propreté de la belle sans en être vu. De peur d'en être reconnu, il commença par éteindre le flambeau ; ensuite, il se déshabilla et se coucha auprès d'elle.

La belle, qui croyait que c'était celui qui l'avait si longtemps aimée, le reçut avec toutes les caresses qu'il lui fut possible. Mais comme il savait qu'il devait tout cela à son erreur, il se donna bien garde de lui dire un seul mot, et ne songea qu'à se venger aux dépens de l'honneur de la belle, et sans lui en avoir aucune oligation. Mais elle était si satisfaite d'une si douce vengeance qu'elle croyait l'avoir récompensé de toutes ses peines. Cela dura jusques à ce qu'une heure fût sonnée.

qui était le temps de dire adieu. Alors il lui demanda, le plus bas qu'il put, si elle était aussi contente de lui qu'il l'était d'elle. Elle, qui le prenait toujours pour son amant, lui répondit que non seulement elle était contente, mais même surprise de l'excès de son amour, qui l'avait tenu une heure sans parler. Il ne put alors s'empêcher d'éclater, et de lui dire :

— Me refuserez-vous une autre fois, Madame, comme vous avez fait ci-devant ?

Elle, qui le reconnut à la voix, fut au désespoir de honte et de regret, et l'appela mille fois trompeur, traître, méchant. Elle voulut se jeter hors du lit pour chercher un couteau, pour s'en tuer du regret qu'elle avait d'avoir prostitué son honneur à un homme qu'elle n'aimait pas, et qui, pour se venger du mépris qu'elle avait fait de lui, pouvait publier la chose. Mais il la retint, et lui promit si fortement de l'aimer plus que celui qui l'aimait, et l'assura si bien qu'il garderait le secret, qu'elle le crut et s'apaisa.

Il lui dit comme il avait fait, et lui contait

les peines qu'il avait prises pour elle. Elle loua son adresse, et lui jura qu'elle l'aimerait mieux que l'autre, qui n'avait pu garder son secret. Elle ajouta qu'elle voyait la fausseté des préjugés qu'on avait contre les Français, qui étaient plus sages, plus constants et plus discrets que les Italiens; qu'elle abandonnerait désormais les sentiments de sa nation, et qu'elle voulait s'attacher à lui. Mais elle le pria de ne se trouver de quelques temps dans les lieux ou aux régals où elle serait, à moins qu'il n'y vint en masque; bien persuadée, disait-elle, qu'elle aurait tant de honte que tout le monde jugerait mal d'elle à sa contenance.

Il le lui promit, et la pria à son tour de bien recevoir son ami quand il viendrait à deux heures, et qu'à l'avenir elle pourrait peu à peu s'en défaire. Elle fit de grandes difficultés et ne se rendit que par la force de l'amour qu'elle avait pour lui. En prenant congé, il la rendit si contente qu'elle eût bien voulu qu'il eût fait plus long séjour. S'étant donc habillé, il sortit, et laissa la porte entr'ouverte comme il l'avait trouvée. Comme il était près de deux heures, et qu'il avait peur de rencontrer l'Italien, il s'en alla poster au haut du degré: il le vit bientôt passer et entrer dans la chambre de la belle. Bonnivet se retira ensuite en son logis, et, pour se reposer des travaux de la nuit, il se mit au lit, où il était encore à neuf heures du matin.

L'Italien ne manqua pas de venir à son lever et de lui conter son aventure, qui n'avait pas eu tous les agréments qu'il en avait espérés; car il dit :

« J'ai trouvé la belle debout, et en manteau de nuit, avec une grosse fièvre, le pouls fort ému, le visage en feu, et commençant si fort à suer, qu'elle m'a prié de m'en retourner, n'osant appeler ses femmes de peur d'inconvénient. Elle était enfin si mal, qu'elle avait plus besoin de penser à la mort qu'à l'amour, et d'entendre parler de Dieu que de Cupidon. J'ai été si surpris d'un contre-temps si peu attendu, que mon feu et ma joie se sont convertis en glace et en tristesse, et je me suis incontinent retiré. Ce matin, dès que le jour a paru, j'ai envoyé demander de ses nouvelles, et on m'a rapporté qu'elle était extrêmement mal.

En faisant cette relation, il pleurait si fort qu'il semblait que l'âme dût lui sortir par les yeux.

Bonnivet, qui avait autant envie de rire que l'autre de pleurer, le consola du mieux qu'il put, et lui représenta que les commencements des choses de longue durée sont toujours difficiles, et que l'amour n'avait fait naître ce retardement que pour lui faire trouver plus doux le plaisir de la jouissance. Là-dessus, ils se séparèrent. La belle garda quelques jours le lit, et ne fut pas plutôt debout qu'elle congédia son premier amant, alléguant pour raison la crainte qu'elle avait eue de la mort et des alarmes de sa conscience. Elle fut tout entière à Bonnivet, dont l'amour dura, selon l'ordinaire, comme la beauté des fleurs.

MARGUERITE DE NAVARRE

# IV

# LES DEUX NIÈCES DE MADAME ORIO

Après avoir fait à Padoue mes études de droit, je revins à Venise, où le curé de Saint-Samuel, nommé Josello, m'installa à son église et me présenta à monseigneur Correr, patriarche, qui me tonsura et me conféra les quatre ordres mineurs. Quoique l'abbé Grimani dût être mon principal protecteur, je ne le voyais cependant que très rarement, mais je m'attachai particulièrement à M. de Malipiero, à qui le curé Josello m'avait présenté et dont je devins le favori.

« Ce M. de Malipiero était un sénateur de soixante-dix ans qui, ne voulant plus se mêler d'affaires d'État, menait dans son palais une vie heureuse, mangeant bien et ayant tous les soirs une société très choisie de dames qui toutes avaient su tirer parti de leurs bonnes années, et d'hommes d'esprit qui savaient tout ce qui se passait dans la ville. Je ne fus que peu de jours à gagner son estime, devenant en même temps l'enfant de la maison de toutes les dames qui allaient chez lui. Aussi, en qualité de jeune abbé sans conséquence, elles voulaient que je les accompagnasse quand elles allaient voir leurs filles ou leurs nièces aux parloirs des couvents où elles étaient en pension. J'allais chez elles à toutes les heures, sans qu'on m'annonçât ; on me grondait quand je laissais passer une semaine sans me laisser voir ; et quand j'allais dans l'appartement des filles, je les voyais se sauver, mais, dès qu'elles s'apercevaient que ce n'était que moi, elles revenaient ; et leur confiance me paraissait charmante.

« Je me rendis un jour chez le curé Josello pour lui montrer le plan d'un sermon ; mais, ne l'ayant point trouvé et voulant l'attendre, je m'approchai d'Angela, sa nièce, et j'en devins amoureux. Elle était occupée à broder au tambour, et, m'étant assis auprès d'elle, elle me dit qu'elle désirait me connaître. Mon amour pour Angela me fut fatal, car il fut cause de deux autres ; mais, allons doucement et n'anticipons point sur l'avenir.

« Je passai l'été à filer le parfait amour auprès de mon Angela, chez sa maîtresse à broder, mais son extrême réserve m'irritait et mon amour était déjà devenu un tourment. Les discours pathétiques que je lui tenais faisaient plus d'effet sur deux jeunes sœurs, ses compagnes, que sur elle, et si mes regards n'avaient été entièrement occupés de cette cruelle, je me serais aperçu sans doute qu'elles la surpassaient en beauté et en sentiment ; mais mes yeux fascinés ne voyaient qu'elle.

A toutes mes tendresses, elle répondait qu'elle était prête à devenir ma femme, et elle croyait que mes désirs ne devraient pas aller plus loin. Lorsqu'elle daignait me dire qu'elle souffrait autant que moi, elle croyait m'avoir accordé la plus grande faveur.

« Les deux sœurs qui apprenaient à broder au tambour avec Angela étaient ses amies intimes et les confidentes de tous ses secrets. Plus tard, ayant fait leur connaissance, j'appris qu'elles condamnaient ses rigueurs envers moi. Les voyant habituellement avec Angela et connaissant leur intimité, lorsqu'elles étaient seules, je leur contais mes plaintes, et, tout plein de l'image de mon inhumaine, je n'avais pas la fatuité de penser que ces jeunes personnes pussent s'amouracher de moi ; mais il m'arrivait souvent de leur parler avec tout le feu qui m'embrasait, ce que je n'osais point faire en présence de l'objet dont j'étais épris.

« La maitresse à broder, vieille dévote, qui dans le commencement paraissait indifférente à l'attachement que je témoignais à Angela, finit par se fatiguer de mes visites trop fréquentes, et en fit part au curé, oncle de ma belle. Celui-ci me dit un jour avec douceur que je devais moins fréquenter cette maison, car mon assiduité pourrait être mal interprétée et préjudiciable à la réputation de sa nièce. Ces paroles me parurent un coup de foudre ; mais je fus assez maître de moi pour ne rien lui témoigner qui pût lui donner du soupçon, et je me contentai de lui dire que je suivrais son avis.

« Trois ou quatre jours après, j'allai chez la maîtresse brodeuse comme pour lui faire une visite, et j'eus soin de ne point m'arrêter auprès des deux jeunes personnes, amies de la nièce du curé ; cependant, je trouvai le moyen de glisser dans la main de la sœur aînée, nommée Nanette, un petit billet qui en contenait un autre pour ma chère Angéla, dans lequel je lui faisais connaître les raisons qui m'avaient obligé à suspendre mes visites, et je ne manquai pas de la prier de songer aux moyens qui pourraient me procurer le bonheur de l'entretenir de mes sentiments. Quant à Nanette, je la priai seulement de remettre mon billet à son amie, en lui faisant connaître que je les verrais le surlendemain, et que j'espérais qu'elle trouverait le moyen de me remettre une réponse. Elle fit en effet ma commission à merveille, car deux jours après, ayant renouvelé ma visite, elle me remit un billet sans que personne pût s'en apercevoir.

« Le billet de Nanette en contenait un très court d'Angela qui, n'aimant pas écrire, me disait seulement de tâcher de faire tout ce que son amie m'écrivait. Voici le billet de Nanette :

*Il n'y a rien au monde, Monsieur l'abbé, que je ne sois prête à faire pour mon amie. Elle vient chez nous tous les jours de fête, elle y soupe et y passe la nuit. Je vous suggère un moyen de faire connaissance avec madame Orio, notre tante; mais, si vous réussissez à vous introduire, je vous préviens qu'il faut avoir soin de ne point montrer que vous avez du goût pour Angela, car notre tante trouverait mauvais que vous vinssiez chez elle pour vous faciliter le moyen de voir quelqu'un qui ne lui appartînt pas.*

*Voici donc le moyen que je vous indique, et auquel je prêterai la main de mon mieux. Madame Orio, quoique femme de condition, n'est pas riche, et elle désire par cette raison d'être inscrite sur la liste des veuves nobles qui aspirent aux grâces de la confraternité du Saint-Sacrement, dont M. de Malipiero est président. Dimanche dernier, Angela lui dit que vous possédez les bonnes grâces de ce seigneur, et que le plus sûr moyen d'obtenir son suffrage serait de vous engager à le lui demander. Elle lui dit follement que vous êtes amoureux de moi, que vous n'allez chez notre maîtresse que pour avoir occasion de me parler, et qu'il me serait par conséquent facile de vous engager à vous intéresser pour elle.*

*Ma tante répondit que, comme vous êtes prêtre, il n'y a rien à craindre, et que je pourrais vous écrire de passer chez elle ; je refusai. Le procureur*

*Rosa, qui est l'ami de ma tante, était présent à cet entretien ; il s'empressa d'approuver mon refus, disant que c'était à elle de vous écrire et non à moi, qu'elle devait vous prier de lui faire l'honneur de passer chez elle pour une affaire qui l'intéresse, et que, s'il est vrai que vous m'aimiez, vous ne manquerez pas de venir. Là-dessus, ma tante vous a écrit le billet que vous trouverez chez vous.*

*Si vous voulez trouver Angela chez nous, différez à venir jusqu'à dimanche. Si vous pouvez obtenir a ma tante la bienveillance de M. de Malipiero, vous deviendrez l'enfant de la maison ; mais vous me pardonnerez si je vous traite mal, car j'ai dit que je ne vous aimais pas. Vous ferez bien de conter fleurettes à ma tante, qui a soixante ans ; M. Rosa n'en sera point jaloux, et vous vous rendrez cher à toute la maison. Quant à moi, je vous ménagerai l'occasion de voir Angela et de lui parler tête à tête : je ferai tout pour vous convaincre de mon amitié. Adieu.*

« Je trouvai ce projet parfaitement bien

conçu, et le lendemain, dimanche, ayant reçu le soir le billet de madame Orio, je me rendis à son invitation. Je fus parfaitement bien accueilli, et cette dame, après m'avoir prié de m'intéresser pour elle, me remit tous les papiers qui pouvaient m'être nécessaires pour la réussite. Je m'engageai obligeamment à la servir, et j'affectai de ne parler que peu à Angela ; mais, en revanche, je faisais semblant d'adresser mes galanteries à Nanette, qui me traitait fort mal. Enfin je captivai l'amitié du vieux procureur Rosa.

« Nanette et sa sœur Marton étaient orphelines et filles d'une sœur de madame Orio. Cette bonne dame n'avait pour toute fortune que la maison où elle habitait et dont elle louait le premier étage, et une pension que lui faisait son frère. Elle n'avait chez elle que ses deux charmantes nièces, dont l'aînée avait seize ans et la cadette quinze. Les deux sœurs couchaient ensemble, au troisième, dans un large lit, où Angela était en tiers tous les jours de fête.

« J'étais trop intéressé au succès de la demande de madame Orio pour que ce projet ne m'occupât pas tout entier, et, dès le surlendemain, j'étais en possession de l'acte qu'elle désirait. Je m'empressai d'aller faire visite à la maîtresse à broder, afin d'avoir occasion de remettre à Nanette un billet où je lui faisais part de l'heureux succès de mes démarches, en la prévenant que j'irais le surlendemain, qui était un jour de fête, remettre à sa tante le décret de mon sénateur ; et je n'oubliai pas de lui faire les plus vives instances pour qu'elle me ménageât un tête-à-tête avec ma belle.

« Au jour convenu, Nanette, attentive à mon arrivée, me remit adroitement un billet en me disant de trouver le moyen de le lire avant de sortir de la maison. J'entre et je vois, auprès de madame Orio, Angela, le vieux procureur et Marton. Pressé de lire mon billet, je refuse la chaise qu'on me présente et, ayant remis à madame Orio l'acte qui lui assurait la grâce qu'elle désirait, je ne lui demande d'autre récompense que de lui baiser la main ;

prétextant le besoin de sortir sans retard.

— Oh ! mon cher abbé, me dit cette dame, vous m'embrasserez, et personne n'y trouvera à redire, puisque j'ai trente ans de plus que vous.

Elle aurait pu dire quarante-cinq sans se tromper.

Je lui donnai deux baisers, dont elle fut sans doute satisfaite, car elle me dit d'aller aussi embrasser ses deux nièces ; mais elles prirent la fuite, et Angela seule brava mon audace. Ensuite la veuve m'invita à m'asseoir.

— Je ne le puis, Madame.

— Pourquoi donc, je vous prie ?

— J'ai....

— J'entends. Nanette, montre à monsieur l'abbé.

— Ma tante, dispensez-moi, je vous prie.

— Va donc, Marton.

— Ma tante, faites-vous obéir par mon aînée.

— Hélas ! dis-je, Madame, ces demoiselles ont bien raison. Je m'en vais.

— Non, monsieur l'abbé, mes nièces sont de véritables sottes ; monsieur Rosa aura la bonté....

Le bon procureur me prend affectueusement par la main et me mène au troisième, où il me laisse seul. Libre alors, je lis le billet conçu en ces termes :

*Ma tante vous priera à souper ; n'acceptez pas. Partez dès que nous nous mettrons à table, et Marton ira vous éclairer jusqu'à la porte de la rue ; mais ne sortez pas. Dès que la porte sera refermée, tout le monde vous croyant parti, vous monterez à tâtons jusqu'au troisième étage où vous nous attendrez. Nous monterons dès que M. Rosa sera parti, et notre tante couchée. Il ne tiendra qu'à Angela de vous accorder durant toute la nuit un tête-à-tête que je vous souhaite très heureux.*

« Quelle joie ! quelle reconnaissance pour le hasard qui me faisait lire ce billet à l'endroit même où je devais attendre l'objet de mon amour ! Sûr de m'y retrouver sans la moindre difficulté, je redescends chez madame Orio, tout plein de mon bonheur.

*
* *

« Rentré dans le salon, madame Orio, après m'avoir fait mille remerciements, me dit qu'à l'avenir je devais jouir de tous les droits d'ami de la maison ; ensuite, nous passâmes quatre heures à rire et à plaisanter.

« L'heure du souper étant venue, je fis des excuses si bien tournées que madame Orio fut forcée de les admettre. Marton prit alors la lumière pour aller m'éclairer, mais la tante, croyant Nanette ma favorite, lui donna si impérativement l'ordre de m'accompagner, qu'elle dut obéir. Celle-ci descend rapidement l'escalier, ouvre la porte qu'elle referme avec bruit, et, éteignant la lumière, elle rentre en me laissant à l'obscurité. Je monte doucement, et, arrivé au troisième, j'entre dans la chambre de ces demoiselles, et me plaçant sur un canapé, j'attends l'heure fortunée du berger.

« Je restai là environ une heure dans les plus douces rêveries ; enfin, j'entendis ouvrir et refermer la porte de la rue, et, quelques minutes après, je vois entrer les deux sœurs et mon Angela. Je l'attire auprès de moi, et, ne voyant qu'elle, je passe deux heures tout entières à lui parler. Minuit sonne : on me plaint de n'avoir point soupé, mais leur commisération me choque ; je réponds qu'au sein du bonheur je ne pouvais me sentir incommodé d'autre besoin. On me dit que je suis en prison, que la clef de l'entrée était sous le chevet de la tante qui n'ouvrait la porte que pour aller à la première messe. Je leur montre mon étonnement qu'elles puissent croire que ce soit une mauvaise nouvelle pour moi ; je me réjouis au contraire d'avoir cinq heures devant moi, et d'être sûr que je les passerais avec l'objet de mon adoration. Une heure après, Nanette se mit à rire ; Angela voulut en savoir la raison, et, la lui ayant dite à l'oreille, Marton se prit à rire aussi.

« Fatigué, je veux à mon tour savoir ce qui excite leur hilarité, et Nanette enfin, affectant un air mortifié, me dit qu'elles n'avaient point d'autre chandelle, et que dans quelques instants nous serions dans les ténèbres. Cette nouvelle me comble de joie ; mais je la dissimule, et leur dis que j'en étais fâché pour elles. Je leur propose alors d'aller se coucher et de dormir tranquilles, qu'elles pouvaient compter sur mon respect. Cette proposition les fit rire.

— Que ferons-nous à l'obscur?

— Nous causerons.

« Nous étions quatre ; il y avait trois heures que nous parlions et j'étais le héros de la pièce. L'amour est grand poète : sa matière est inépuisable ; mais si la fin à laquelle il vise n'arrive jamais, il se lasse et devient muet. Mon Angela écoutait : mais, peu verbeuse, elle répondait rarement et faisait plutôt parade de bon sens que d'esprit. Pour affaiblir mes arguments, elle se contentait souvent de me lancer un proverbe, comme les Romains lançaient la catapulte. Elle se retirait ou avec la plus désagréable douceur elle repoussait mes pauvres mains toutes les fois que l'amour les appelait à mon secours. Malgré cela, je continuais à parler et à gesticuler sans perdre courage ; mais j'étais au désespoir quand je m'apercevais que mes arguments trop subtils l'étourdissaient au lieu de la persuader, et qu'au lieu d'attendrir son cœur, ils ne faisaient que l'ébranler. D'un autre côté, j'étais tout étonné de voir sur la physionomie des deux sœurs l'impression qu'y faisaient les traits que je lançais à Angela. Ma position était telle que, malgré la saison, je suais à grosses gouttes. Enfin, la lumière étant près de s'éteindre, Nanette se leva pour l'emporter.

« A la première apparition des ténèbres, mes bras se lèvent naturellement pour se saisir de l'objet nécessaire à la situation de mon âme ; mais, ne trouvant rien, je me mets à rire de ce qu'Angela avait saisi l'instant d'avance pour s'assurer de n'être pas surprise. Je fus une heure à dire tout ce que l'amour pouvait m'inspirer de plus gai, de plus tendre, pour la persuader à venir reprendre sa place. Il me paraissait impossible que ce ne fût pas une plaisanterie.

« Enfin, l'impatience commençant à s'en mêler :

— Ce badinage, lui dis-je, est trop long : il est contre nature, puisque je ne saurais courir après vous ; et je m'étonne de vous entendre rire, car dans une conduite aussi étrange, je ne puis que supposer que vous vous moquez de moi. Venez donc vous asseoir, et puisque je dois vous parler sans vous voir, que mes mains m'assurent que je ne parle pas à l'air. Si vous vous moquez de moi, vous devez sentir que vous m'insultez, et l'amour ne doit pas, je crois, être mis à l'épreuve de l'insulte.

— Eh bien ! calmez vous ; je vous écoute sans perdre une seule de vos paroles ; mais vous devez sentir que je ne puis pas me mettre décemment auprès de vous dans cette obscurité.

— Vous voulez donc que je me tienne ici jusqu'à l'aube du jour?

— Jetez-vous sur le lit et dormez.

— Je vous admire de trouver la chose possible et combinable avec mes feux. Allons, je vais m'imaginer que nous jouons à colin-maillard.

« Alors, m'étant levé, je me mets à chercher en long et en large, mais toujours en vain. Lorsque je saisissais quelqu'un, c'était toujours Nanette ou Marton qui, par amour-propre, se nommaient dans l'instant; et moi, Don Quichotte, dans l'instant je lâchais prise! L'amour et le préjugé m'empêchaient de sentir combien ce respect était ridicule. Je n'avais pas encore lu les anecdoctes de Louis XIII roi de France; mais j'avais lu Boccace. Je continuais à chercher en lui reprochant sa dureté et en lui représentant qu'elle devait à la fin se laisser trouver; mais elle me répondait qu'elle devait avoir la même difficulté de me rencontrer. La chambre n'était pas grande et j'étais enragé de ne pouvoir l'attraper.

« Moins las qu'ennuyé, je m'assis et je passai une heure à raconter l'histoire de *Roger*, lorsque *Angélique* disparut au moyen de la bague enchantée que trop bonnement l'amoureux chevalier lui avait remise. Angela ne connaissait pas l'Arioste, mais Nanette l'avait lu plusieurs fois. Elle se mit à défendre Angélique, accusant la bonhomie de *Roger* qui, s'il avait été sage, n'aurait jamais dû confier la bague à la coquette. Nanette m'enchanta ; mais j'étais encore trop neuf pour faire les réflexions convenables à un retour sur soi-même.

« Je n'avais plus qu'une seule heure devant moi, et il ne fallait pas attendre le jour, car madame Orio serait plutôt morte que tentée de manquer la messe. Je passai donc cette dernière heure à parler seul à Angela pour la persuader et puis la convaincre qu'elle devait venir s'asseoir auprès de moi. Après avoir épuisé les raisons les plus persuasives, je passai à la prière et enfin aux larmes; mais, voyant que tout était inutile, le sentiment qui s'empara de moi fut cette indignation qui ennoblit la colère. Je serais parvenu à battre le fier monstre qui avait pu me tenir cinq heures entières dans la plus cruelle des détresses, si je ne me fusse trouvé dans l'obscurité. Je lui dis toutes les injures qu'un amour méprisé peut suggérer à un esprit irrité. Je l'accablai de malédictions fanatiques; je lui jurai que tout mon amour s'était changé en haine, et je finis par la prévenir de se garder de moi, car je la tuerais dès qu'elle s'offrirait à mes yeux.

« Mes invectives finirent avec les ténèbres. A l'apparition des premiers rayons de l'aurore, et au bruit que firent la grosse clef et le verrou lorsque madame Orio ouvrit la porte pour aller mettre son âme dans le repos quotidien qui lui était nécessaire, je pris mon manteau et mon chapeau, et je m'enfuis sans rien dire. J'allai me mettre au lit sans pouvoir dormir.

« Déterminé à ne plus aller chez madame Orio, je me rendis à Padoue, où je fus promu au doctorat en droit. De retour à Venise, je reçus de M. Rosa un billet où il me priait de la part de madame Orio d'aller la voir. Sûr de n'y point trouver Angela, j'y allai dès le soir même, et les deux aimables sœurs dissipèrent par leur gaieté la honte que j'avais de reparaître devant elles au bout de deux mois. Mon doctorat fit valoir mes excuses auprès de la bonne femme, qui n'avait d'autre plainte à faire, sinon que je n'allais plus chez elle. A mon départ, Nanette me remit une lettre qui contenait un billet d'Angela ; le voici :

*Si vous avez le courage de passer encore une nuit avec moi, vous n'aurez pas à vous plaindre, car je vous aime ; et je désire savoir de votre bouche même si vous auriez continué à m'aimer, si j'avais consenti à me rendre méprisable.*

« Voici la lettre de Nanette, qui seule avait de l'esprit :

*M. Rosa s'étant engagé à vous faire revenir chez nous, je prépare cette lettre pour vous faire savoir qu'Angela est au désespoir de vous avoir perdu. La nuit que vous avez passée avec nous fut cruelle, j'en conviens, mais il me semble qu'elle ne devait pas vous faire prendre le parti de ne plus venir voir au moins madame Orio. Je vous conseille, si vous aimez encore Angela, de courir encore le risque d'une nuit. Elle se justifiera peut-être, et vous en sortirez content. Venez donc.*

« Ces deux lettres me firent plaisir, car je voyais le moyen de me venger d'Angela par le plus froid mépris. Je me rendis donc chez ces dames le premier jour de fête, ayant dans mes poches deux bouteilles de vin de Chypre et une langue fumée ; mais je fus bien surpris de ne pas y trouver ma cruelle. Nanette, faisant tomber le discours sur son compte, me dit que le matin à l'église elle lui avait dit qu'elle ne pourrait venir qu'à l'heure du souper. Comptant là-dessus, je n'acceptai pas l'invitation que me fit madame Orio, et, avant qu'ils se missent à table, je sortis comme la première fois et j'allai me mettre à l'endroit concerté. Il me tardait de jouer le rôle que j'avais médité, car j'étais sûr que, quand bien même Angela se serait décidée à changer de système, elle ne m'aurait accordé que de légères faveurs, et je n'en voulais plus : je ne me sentais plus dominé que par un violent désir de vengeance.

« Trois quarts d'heure après, j'entends fermer la porte de la rue, et bientôt je vois paraître devant moi Nanette et Marton.

— Où est donc Angela ? dis-je à Nanette.

— Il faut qu'elle n'ait pu ni venir ni nous le faire dire ; cependant elle doit être sûre que vous êtes ici.

— Elle croit m'avoir attrapé ; et effectivement je ne m'y attendais pas. Au reste, vous la connaissez maintenant. Elle se moque de moi, elle triomphe. Elle s'est servie de vous pour me faire donner dans le panneau, et elle y a gagné : car, si elle était venue, c'est moi qui me serais moqué d'elle.

— Oh ! pour cela, permettez que j'en doute.

— N'en doutez pas, belle Nanette, et vous en serez convaincue par l'agréable nuit que nous passerons sans elle.

— C'est-à-dire qu'en homme d'esprit, vous saurez vous adapter à un pis aller ; mais vous vous coucherez ici, et nous irons coucher sur le canapé dans l'autre chambre.

— Je ne vous empêcherai pas, mais vous me joueriez le plus mauvais tour ; d'ailleurs je ne me coucherai pas.

— Quoi ! vous auriez la force de passer sept heures tête à tête avec nous ? Je suis sûre que, lorsque vous ne saurez plus que dire, vous vous endormirez.

— Nous verrons. En attendant, voici des provisions. Aurez-vous la cruauté de me laisser manger seul ? Avez-vous du pain ?

— Oui, et nous ne serons pas cruelles : nous souperons une seconde fois.

— C'est de vous que je devrais être amoureux. Dites-moi, belle Nanette, si j'étais épris de vous comme je l'étais d'Angela, me rendriez-vous malheureux comme elle ?

— Vous semble-t-il que pareille question puisse être faite ? Elle est d'un fat. Tout ce que je puis vous dire, c'est que je n'en sais rien.

« Elles mirent vite trois couverts, apportèrent du pain, du fromage de Parme et de l'eau, en riant de tout cela, et puis nous nous mîmes en besogne. Le chypre, auquel elles n'étaient point accoutumées, leur monta à la tête, et leur gaieté devint délicieuse. J'étais étonné, en les considérant, de n'avoir pas plus tôt reconnu leur mérite.

« Après notre petit souper qui fut délicieux, assis entre elles d'eux et leur prenant la main que je portai à mes lèvres, je leur demandai si elles étaient mes vraies amies, et si elles approuvaient la manière indigne dont Angela m'avait traité. Elles me répondirent ensemble que mon désespoir leur avait fait verser des larmes.

— Laissez donc, repris-je que j'aie pour

vous la tendresse d'un frère, et partagez-la comme si vous étiez mes sœurs : donnons-nous-en des gages dans l'innocence de nos cœurs, et jurons-nous une fidélité éternelle.

« Le premier baiser que je leur donnai ne fut ni le produit d'un sentiment amoureux ni le désir de les séduire, et de leur côté elles m'assurèrent quelques jours après qu'elles ne me le rendirent que pour m'assurer qu'elles partageaient mes honnêtes sentiments de fraternité ; mais ces baisers innocents ne tardèrent pas à devenir de flamme et à porter en nous un incendie dont nous dûmes être fort surpris, car nous les suspendîmes quelques instants après, en nous entre-regardant tout étonnés et fort sérieux. S'étant levées l'une et l'autre sans affectation, je me trouvai seul dans la réflexion.

« Il n'était pas étonnant que le feu que ces baisers avaient allumé dans mon âme et qui circulaient dans mes veines, m'eût rendu tout à coup éperdument amoureux de ces aimables personnes. Elles étaient l'une et l'autre plus jolies qu'Angela, et Nanette par l'esprit, comme Marton par le caractère doux et naïf, lui étaient infiniment supérieures. J'étais tout surpris de n'avoir pas plus tôt reconnu leur mérite; mais ces demoiselles étant nobles et fort honnêtes, le hasard qui les avait mises entre mes mains ne devait pas leur devenir fatal. Je n'avais pas la fatuité de croire qu'elles m'aimaient, mais je pouvais supposer que mes baisers avaient fait sur elles le même effet que les leurs avaient fait sur moi; dans ce raisonnement, je voyais avec évidence qu'en employant la ruse et ces tournures dont elles ne devaient pas connaître la force, il ne me serait pas difficile, dans le courant de la longue nuit que je devais passer avec elles, de les faire consentir à des complaisances dont les suites pouvaient devenir très décisives. Cette pensée me fit horreur, et je m'imposai la loi sévère de les respecter, ne doutant pas que je n'eusse la force nécessaire pour l'observer.

« Dès qu'elles reparurent, je vis sur leurs

traits le caractère de la sécurité et du contentement, et je me donnai bien vite le même vernis, bien déterminé à ne plus m'exposer à l'ardeur de leurs baisers. Nous passâmes une heure à parler d'Angela, et je leur dis que je me sentais déterminé à ne plus la voir, persuadé que j'étais qu'elle ne m'aimait pas.

— Elle vous aime, me dit la naïve Marton, et j'en suis sûre; mais, si vous ne pensez pas à l'épouser, vous ferez bien de rompre entièrement avec elle, car elle est décidée à ne pas même vous accorder un seul baiser, tant que vous ne serez pas son fiancé : il faut donc vous décider à la quitter ou vous attendre à ne la trouver complaisante en rien.

— Vous raisonnez comme un ange : mais comment pouvez-vous être sûre qu'elle m'aime ?

— J'en suis très sûre, et, dans l'amitié fraternelle que nous nous sommes promise, je puis vous dire comment. Lorsque Angela couche avec nous, elle m'embrasse tendrement en m'appelant son cher abbé.

« A ces mots, Nanette, éclatant de rire, lui mit la main sur la bouche; mais cette naïveté me mit tellement en émoi que j'eus bien de la peine à me contenir. Marton dit à Nanette qu'ayant beaucoup d'esprit, il était impossible que j'ignorasse ce qui se passait entre des jeunes filles qui couchaient ensemble.

— Sans doute, m'empressai-je de dire; personne n'ignore ces bagatelles, et je ne crois pas, ma chère Nanette, que vous ayez trouvé dans cette confidence amicale votre sœur trop indiscrète.

— C'est une affaire faite, mais ce sont des choses qui ne se disent pas. Si Angela le savait !...

— Elle serait au désespoir; mais Marton m'a donné une telle marque d'amitié que je lui en serai reconnaissant jusqu'à la mort. Au reste, c'en est fait : je déteste Angela et je ne lui parlerai plus. C'est une personne fausse; elle ne vise qu'à ma perte.

— Mais, si elle vous aime, elle n'a pas tort de vous vouloir pour époux.

— D'accord ; mais elle ne pense qu'à elle ; car, sachant ce que je souffre, si elle m'aimait pour moi, pourrait-elle en agir ainsi ? En attendant, son imagination lui fournit les moyens d'apaiser ses désirs avec cette charmante Marton, qui veut bien lui servir de mari.

« A ces mots, les éclats de rire de Nanette redoublèrent ; mais moi je tins mon sérieux et continuai à parler à sa sœur sur le même ton, faisant le plus grand éloge de sa sincérité. Je lui dis enfin que sans doute, par droit de réciprocité, Angela à son tour devait lui servir de mari ; mais elle me dit en riant qu'elle n'était mari que de Nanette, et Nanette dut en convenir.

— Mais comment, repris-je alors, Nanette dans ces transports nomme-t-elle son mari ?

— Personne n'en sait rien.

— Vous aimez donc quelqu'un, Nanette ?

— C'est vrai, mais personne ne saura mon secret.

« Cette retenue me suggéra que je pourrais

bien être dans ce secret et que Nanette était la rivale d'Angela. Une conversation aussi attrayante me fit peu à peu perdre l'envie de passer une nuit oisive avec ces deux charmantes filles faites pour l'amour.

— Je suis bien heureux, leur dis-je, de n'avoir pour vous que des sentiments d'amitié, car sans cela je me trouverais fort embarrassé de passer la nuit avec vous, sans être tenté de vous donner des preuves de ma tendresse, et d'en recevoir ; car vous êtes l'une et l'autre jolies à ravir et faites pour faire tourner la tête à tout homme que vous mettrez à même de vous connaître à fond.

« En continuant de parler ainsi, je fis semblant d'avoir envie de dormir. Nanette, s'en apercevant la première, me dit :

— Ne faites point de façons ; mettez-vous au lit : nous irons dans l'autre chambre nous coucher sur le canapé.

— Je me croirais, leur dis-je, le plus lâche des hommes, si je faisais cela. Causons ; l'envie de dormir me passera. Je ne suis en peine que pour vous. Allez vous coucher, et moi, mes charmantes amies, je passerai dans l'autre chambre. Si vous me craignez, enfermez-vous ; mais vous auriez tort, car je ne vous aime qu'avec des entrailles de frère.

— Nous ne ferons jamais cela, me dit Nanette ; mais laissez-vous persuader ; couchez-vous ici.

— Habillé, je ne puis dormir.

— Déshabillez-vous ; nous ne vous regarderons pas.

— Je ne crains pas cela ; mais je ne pourrais jamais m'endormir en vous voyant obligées à veiller à cause de moi.

— Nous nous coucherons aussi, me dit Marton, mais sans nous déshabiller.

— C'est une méfiance qui offense ma probité. Dites-moi, Nanette, si vous me croyez honnête homme ?

— Oui certainement.

— Fort bien, mais vous devez m'en convaincre ; et, pour cela, couchez-vous à mes côtés, toutes déshabillées, et comptez sur la parole d'honneur que je vous donne de ne point vous toucher. Au reste, vous êtes deux contre un : que pouvez-vous craindre ? Ne serez-vous pas maîtresses de sortir du lit, si je cesse d'être sage ? Bref, si vous ne consentez pas à me donner cette marque de confiance, au moins quand vous me verrez endormi, je ne me coucherai pas.

« Alors, cessant de parler, je fis semblant de m'endormir. S'étant entretenues un moment entre elles à voix basse, Marton me dit d'aller me coucher, qu'elles me suivraient dès qu'elles me verraient endormi. Nanette, m'ayant confirmé la promesse, je leur tournai le dos, me déshabillai et, leur ayant souhaité le bonsoir, je me couchai. Dès que je fus au lit, je fis semblant de dormir ; mais bientôt le sommeil s'empara de moi tout de bon, et je ne me réveillai que lorsqu'elles vinrent se coucher.

Alors, m'étant retourné comme pour me rendormir, je restai tranquille jusqu'à ce que je fusse le maître de les croire endormies, et si elles ne l'étaient pas, il ne tenait qu'à elles d'en faire le semblant.

« Elles m'avaient tourné le dos, et la lumière était éteinte : j'agissais donc au hasard, et j'adressai mes premiers hommages à celle qui était à ma droite, ignorant si c'était Nanette ou Marton. Je la trouvai accroupie et enveloppée dans le seul vêtement qu'elle eût conservé. Ne brusquant rien et ménageant sa pudeur, je la mis par degrés dans le cas de s'avouer vaincue et persuadée que le meilleur parti qu'elle eût à prendre était de continuer à faire semblant de dormir et à me laisser faire. Bientôt, la nature en elle agissant de concert avec moi, j'atteignis au but, et mes efforts couronnés d'un plein succès ne me laissèrent aucun doute sur l'obtention des prémices auxquelles le préjugé peut-être nous fait ajouter tant de prix.

« Ravi d'avoir savouré une jouissance que je venais de goûter complètement pour la première fois, je quitte doucement ma belle pour aller porter à l'autre un nouveau tribut de mon ardeur. Je la trouvai immobile, couchée sur le dos, dans l'état d'une personne qui dort d'un sommeil profond et tranquille. Ménageant les approches, comme si j'avais craint de l'éveiller, je commençai par flatter ses sens, m'assurant qu'elle était aussi novice que sa sœur; et dès qu'un mouvement naturel m'eut fait sentir que l'amour agréait l'offrande, je me mis en devoir de consommer le sacrifice. Alors, cédant tout à coup à la vivacité du sentiment qui l'agitait, et comme fatiguée du rôle simulé qu'elle avait adopté, elle me serra étroitement dans ses bras à l'instant de la crise, me couvrit de baisers, me rendant transports pour transports, et l'amour confondit nos âmes dans une égale volupté. A ces signes, je crus reconnaître Nanette; je le lui dis :

— Oui, c'est moi, dit-elle, et je me déclare heureuse, ainsi que ma sœur, si vous êtes honnête et constant.

— Jusqu'à la mort, mes anges; et comme tout ce que nous avons fait est l'œuvre d l'amour, qu'il ne soit plus entre nous question d'Angéla.

Je la priai ensuite de se lever pour aller allumer des bougies; mais Marton, pleine de complaisance, se leva à l'instant et nous laissa ensemble. Quand je vis Nanette entre mes bras animée du feu de l'amour, et Marton près de nous, une bougie à la main, et qui semblait par ses regards nous accuser d'ingratitude de ce que nous ne lui disions rien, tandis qu'ayant été la première à se rendre à mes caresses, elle avait encouragé sa sœur, je sentis tout mon bonheur.

— Mes amies, leur dis-je, jurons-nous une amitié éternelle.

« Et après nous être dit cent choses que, dans l'ivresse des sens, il n'est permis qu'à l'amour d'interpréter, nous achevâmes la plus délicieuse des nuits dans les témoignages réciproques de notre ardeur. Ce fut Nanette qui reçut, la dernière, les preuves de ma tendresse; car, madame Orio étant sortie pour aller à la messe, je fus obligé de hâter mon départ en les assurant qu'elles avaient éteint dans mon cœur tous mes sentiments pour Angela.

Arrivé chez moi, je me couchai et dormis du sommeil le plus doux jusqu'à l'heure du dîner.

« Le surlendemain, je fis une visite à madame Orio et, comme Angela n'y était pas, je restai à souper, et je me retirai en même temps que M. Rosa. Nanette, pendant ma visite, trouva le moyen de me remettre une lettre et un petit paquet. Le paquet contenait un morceau de cire sur lequel était l'empreinte d'une clef, et le billet me disait de faire faire la clef et de m'en servir pour aller passer les nuits avec elles quand j'en aurais envie. Elle m'informait en outre qu'Angela avait été passer avec elles la nuit du lendemain, et que dans les habitudes où elles étaient elle avait deviné tout ce qui s'était passé ; qu'elles en étaient convenues en lui reprochant qu'elle en avait été la cause ; que là-dessus elle leur avait dit les plus fortes injures, promettant qu'elle ne remettrait plus les pieds chez elles, mais que cela leur était fort égal.

« Quelques jours après, la fortune nous délivra d'Angela. Son père, fayant été appelé à Vicence pour peindre à fresques des appartements, l'emmena avec lui.

« Je me trouvai, par son absence, tranquille possesseur de ces deux charmantes filles, avec lesquelles je passai au moins deux nuits par semaine, m'introduisant facilement chez elles au moyen de la clef que j'avais eu soin de de faire faire. »

J. Casanova de Seingalt

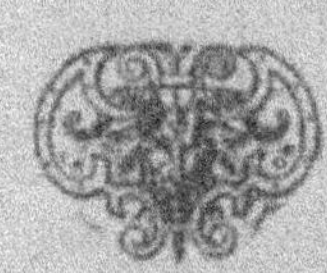

# V

# LE CLERC FOUETTÉ-FOUETTARD

RÈS le collège du cardinal Le Moine, de mon temps, et non si près que ce ne fût aux faubourgs, une sage dame que tout le monde nommait madame la principale, un mercredi matin, qu'elle était à la porte assise, sans penser en mal, non plus qu'une autre, voici venir à elle un beau jeune homme, habillé à la jésuite, ainsi qu'un écolier envoyé pour étudier : il avait une soutane.

— Cet écolier ensoutané voulait-il faire la pauvreté avec la principale ? *

— Qu'est-ce que faire la pauvreté ?

— Puisque je vous vois attentif, aussi éveillé qu'un chat qu'on fesse, vous le saurez. C'est que, faisant la pauvreté, on pratique le doux androgyne, on fait la bête à deux dos ; on fait le destin d'homme à femme ; c'est faire la cause pourquoi ; c'est exercer les bons membres ; c'est être bonne personne, parce que nul n'est bon, et n'y a bonne personne que celle qui, se faisant du bien, en fait à une autre, *Fac benè, et benè tibi erit.* (Fais du bien à autrui, et tu en seras récompensé.)

— Quand donc l'écolier eut profondément salué la principale (ainsi on salue les dames), elle, lui rendant son salut, lui dit : « Trêve de chapeau, Monsieur, mettez dessus. » Il repart : « Trêve de fesses, Madame, tenez-vous ferme. » Ainsi les hommes saluent du chapeau, et les dames saluent du cul.

Ayant donc mutuellement achevé la salutation, il lui dit qu'il désirait parler à elle, s'il lui plaisait. Elle le mène en sa chambre, où ils s'asseyent, et il dit : « Madame, étant trébuché en extrémité de creuse dévotion, j'ai bonne envie d'être fouetté, réellement et de fait, par quinze matinées consécutives : s'il vous plaît de me faire ce bien, d'en prendre la peine, je vous donnerai douze beaux écus et un écu pour les verges. »

Elle répond : « Monsieur, excusez-moi s'il vous plait ; je ne me connais point en fouet terie. »

Adonc, ce jeune enfenouillé gracieusement se retire. Oh! combien il y a d'écoliers qui voudraient que fesserie fût éteinte, et que l'on n'en parlât, non plus que de noces en paradis !

La dame, revenue à sa porte, fut enquise, par une voisine curieuse, de l'intention de ce beau fils, à laquelle la principale le déclara : « O ma voisine ! dit l'autre, que ne me l'avez-vous adressé ? — Il le faut appeler, Huguette (c'était sa servante), allez après ! » lui dit la principale.

On cria après lui, à la mode des marchands de Paris : « Monsieur, Monsieur ! » Il revint, et demanda à la dame si elle s'était ravisée.

« Non, dit-elle, mais voici ma commère Laurence qui vous rendra content. » Elle les mit ensemble ; et ils allèrent chez elle, à l'enseigne de la Coquille, faire leur marché ; et depuis, il vint tous les jours être fouetté demi-heure ; et ce, à sept heures du matin, qui est une heure fort commode à se faire fouetter, je vous en avise. Laurence, le trouvant gras et frais, eût bien voulu qu'il l'eût fouettée des verges de saint Benoît, dont il ne faut qu'un brin pour faire une poignée.

Le temps et la fesserie accomplis, le fessé paya fort bien la fesseuse, et s'en alla.

La bonne dame, à ce qu'elle disait, en s'en léchant les badigoinces, eût bien voulu avoir souvent de telles pratiques ; aussi était-elle de nos sœurs, faisant souvent plaisir aux amis.

Or Laurence ne faisait pas l'amour (il est tout fait ; apprenez, jeunesse ! ), mais elle pratiquait les jeux d'amour avec un moine de Saint-Denis, qu'elle aimait de bon foie, de bon cœur (laissons le nom), de bonne cuisse et de bon ventre.

Or bien, son ami frère Ambroise, dont on chante :

> Vous avez bu la cervoise,
> Frère Ambroise,
> Dont vous êtes enivré,

lui envoya se haquenée. La bonne Laurence monta dessus, en bonne intention de lui aller apprêter un bouillon. Aussi, fallait-il restaurer le pauvre religieux qui était infirme, ayant une forte colique dans le ventre ou dans la tête. Elle s'achemine, et ainsi qu'elle est dans cette forêt de moulins à vent, voici, sur la brune, son fessé avec sa soutane, qui lui vint à la rencontre, et sur cela, belle chose et grande pitié. Pleurez, vieille, pleurez, pleurez donc et chiez bien des yeux ; vous en pisserez moins.

Cet homme, qui avait eu la fessée au prix de son argent, vint à elle, et lui dit : « Mettez pied à terre ! » Et lui, faisant la révérence de basse taille, avec un visage passementé de rides de reproche, la prit et l'empoigne, et s'assit sur une pierre du chemin, la met sur son genou, le cul en haut, la trousse comme une petite fille qui va à l'école, et la fesse à nu, avec de bonnes et sanglantes verges, sur son cul de derrière.

Elle n'en vit rien ; et cette action lui repoussa fort et ferme le fondement.

La haquenée, tout ébahie, regardait si on lui en ferait autant, pour la passer maîtresse, comme le cheval de Rabelais fut passé docteur à Orange, sous le nom de *Joannes Cavallus* [1].

Après la fessade accomplie, le jeune homme remit madame Laurence sur sa bête, à laquelle, tournant la tête vers la ville, il la renvoya avec tout le paquet à la ville, recommandant l'âme de Laurence à sa bonne grâce. La pauvrette revint avec grande frayeur, et se mit au lit, où elle ne fut que cinq jours, finis lesquels, elle mourut comme une vache qui trépasse.

1. On n'était généralement reçu docteur, qu'après avoir été longtemps fouetté comme écolier. Le cheval de Rabelais, à Orange, conquit ses grades de cette manière.

— Hé ! quelle fessée, quel appliqueur de stigmates sensuels ! Au diable si cela me plairait ! J 'aimerais mieux que tels fouetteurs-fouettés-fouettant attendissent à naître après le jugement dernier.

— Or, le fouetté-fouettard conduisit sa fouettée de belles bénédictions en lui disant : « Adieu, ma douce amie ; ci après soyez sage. Bienheureuses soient les personnes bien fouettantes, et bien fouettées. »

Voilà comme la pauvre Laurence a changé d'air ; et advint, à sa mort, une merveille notable, une chose merveilleuse. C'est que son âme sortit de son corps par l'endroit opposé à celui par lequel toutes les âmes s'en vont.

— Que faisait la haquenée, tandis qu'on fessait la dame ?

— L'as-tu pas ouï ? Elle ch..... de male rage de peur ; et fientait si sec, que ses étrons devinrent étuis de lunettes, pour ceux qui ont courte haleine. Mais, un petit bout de patience. Messieurs les théologiens, dites-moi, si vous savez tous, qui était ce fouetté-fouettant? Je dirai que c'était un vrai diable, lequel s'en vint trouver sa proie, se connaissant en parchemin; et parce que celui-ci n'était pas vierge[1], il le corroya, ainsi que sera le vôtre, si le cas se présente. Amen.

BÉROALDE DE VERVILLE

1. Le parchemin vierge était très mince et très souple. On ne l'obtenait que par un long travail de corroierie. On sent que le mot *parchemin* s'applique ici à une peau humaine, et même féminine.

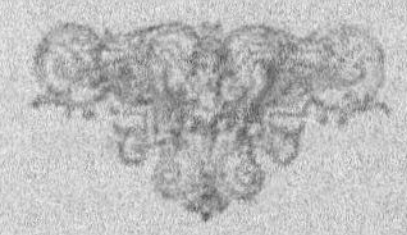

# VI

## PLAISANTES ANECDOTES ET MENUS PROPOS

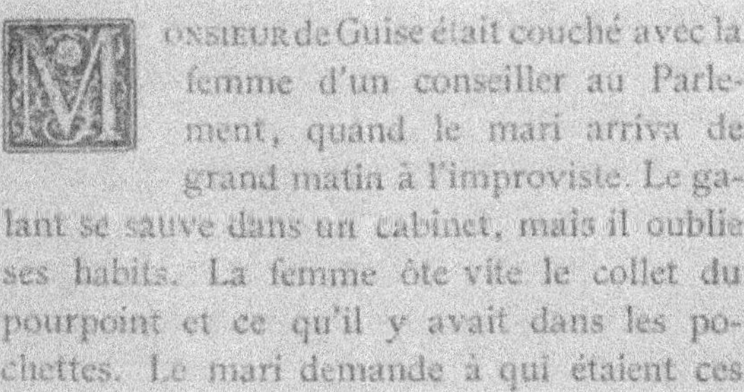

Monsieur de Guise était couché avec la femme d'un conseiller au Parlement, quand le mari arriva de grand matin à l'improviste. Le galant se sauve dans un cabinet, mais il oublie ses habits. La femme ôte vite le collet du pourpoint et ce qu'il y avait dans les pochettes. Le mari demande à qui étaient ces habits.

— Une revendeuse, lui dit-elle, les a apportés. Elle dit qu'on les aura à bon marché. Regardez s'ils vous sont bons, ils vous serviront à la campagne.

Il met l'habit, et, étant pressé d'aller au palais, il prend sa soutane par-dessus et s'en va. Le galant prend ceux du mari, et s'en va au Louvre. Henri IV le regarde, et M. de Guise lui conte l'histoire. Le roi envoie un exempt ordonner au conseiller de le venir trouver. Le conseiller, bien étonné, vient; le roi le tire à part, lui parle cent choses, et en causant lui déboutonnait sa soutane sans faire semblant de rien. L'autre n'osait rien dire; enfin, tout d'un coup, le roi s'écrie :

— Ventre Saint-Gris ! voilà l'habit de mon cousin de Guise.

Une autre fois, celui-ci se confessa d'aimer une femme et d'en jouir. Le confesseur, qui était un jésuite, dit qu'il ne lui en donnerait point l'absolution, s'il ne promettait de la quitter.

— Je n'en ferai rien, dit-il.

Il s'obstina tant, que le jésuite dit qu'il

fallait donc aller devant le Saint-Sacrement demander à Dieu qu'il lui ôtat cette obstination ; et comme ce bon père conjurait le bon Dieu, avec le plus grand zèle du monde, de déraciner cet amour du cœur du jeune prince, le duc s'enfuyant le tira par la robe :

— Mon père, mon père, lui dit-il, n'y allez pas si chaudement. J'ai peur que Dieu ne vous accorde ce que vous lui demandez.

TALLEMANT DES RÉAUX.

*
* *

### PROCÈS CONJUGAL

Au pays de Limousin fut faite une noce entre une jeune fille, âgée de dix-huit ans, ou environ, et un bon garçon de village très bien emmanché. Or, il advint que le compagnon, dès la première nuit, se mit en devoir d'accomplir l'œuvre de son mariage, et, pour être agréable à sa tendre épousée, il lui bailla son *manico* à tenir pour lui faire envie de le secourir à son affaire.

Mais, quand la pauvre fille l'eut tenu et aperçu qu'il était si gros, elle ne voulut oncques que le marié lui mit en son étui, de peur qu'il ne la blessât, et toujours craignait la lutte : dont le marié fut fort ennuyé, et, quoi qu'il pût faire, jamais ne put persuader à la mariée de lui faire beau jeu : au moyen de quoi il fut contraint, pour la nuit, s'en passer.

Et, quand le jour fut venu, la mère s'en alla devers sa fille pour savoir comment elle s'était portée avec son mari et comment il lui avait fait. Elle lui fit réponse qu'ils n'avaient rien fait.

— Comment ! dit la mère, votre mari est donc châtré ?

Alors, comme furieuse, s'en alla au Conseil de l'Église, afin de faire démarier sa fille, donnant à entendre à tous que son gendre n'était habile à engendrer. Sur cette colère, elle le fit citer, afin qu'il lui fût permis de marier sa fille à un autre : dont le pauvre mari fut très mal content, considérant qu'il n'avait offensé ni donné occasion pour être ainsi déshonoré.

Or, quand ils furent tous devant monsieur l'official et que la demanderesse eut requis séparation de la fille et de son gendre, et que, par des raisons, elle eût dit que la première nuit de leurs noces ledit gendre ne voulut ou ne put onques faire l'œuvre de mariage à sa fille, et qu'il était châtré, a donc, le gendre au contraire se défend très bien, et dit qu'il était aussi très fourni de lance que sa femme de cul, et ne demandait autre chose que lutter; mais sa femme n'y voulut onques entendre et fit la cane, au moyen de quoi il n'avait pu rien faire.

A donc, l'official demanda à la jeune épousée si elle l'avait refusé, et elle lui dit que oui, qu'elle craignait qu'il ne la blessât, car elle espérait ensuite plutôt la mort que la vie.

Quand la mère eut entendu cette confession, et que, par tels moyens, elle devait être condamnée, elle supplia le juge d'asseoir les dépens sur sa fille, attendu qu'elle avait été cause de ce procès.

Toutefois, par sentence, monsieur l'official condamna la pauvre jeune fille à prêter son beau et joli instrument à son mari pour y faire ce qu'il devait avoir fait la nuit précédente, et sans dépens, attendu les qualités des parties.

BONAVENTURE DESPÉRIERS.

*
* *

PLAISANT EXERCICE.

J'ai ouï parler d'une grande dame de par le monde, mais grandissime, qui ne se contentait de la lascivité naturelle, aussi était-elle fort belle. Pour se provoquer et exciter davantage, elle faisait dépouiller ses dames et filles, je dis les plus belles, et se délectait fort à les voir; et puis, elle les battait du plat de la main sur les fesses avec de grandes claquades et plamussades assez rudes, et les filles qui avaient délinqué quelque chose avec de bonnes verges. Et alors son contentement était de les voir remuer et faire les mouvements et torsions de leurs corps, lesquelles, selon les coups qu'elles recevaient en montraient de bien étranges et plaisantes.

Aucunes fois, sans les dépouiller, les faisait trousser en robe (car pour lors elles ne portaient pas de caleçons), et les claquetait et fouettait sur les fesses, selon le sujet qu'elles lui donnaient, et pour faire rire, ou pour pleurer : et sur ces visions et contemplations y aiguisait si bien ses appétits, qu'après elle les allait passer bien souvent à bon escient avec quelque galant homme bien fort et robuste.

Quelle humeur de femme ! si bien qu'on dit qu'ayant une fois vu par la fenêtre de son château, qui visait sur la rue, un grand cordonnier, étrangement proportionné, pisser contre la muraille dudit château, elle eut envie d'une si belle et grande proportion, et, de peur de gâter son fruit pour son envie, elle lui manda par un page de la venir trouver en une allée secrète de son parc, où elle s'était retirée, et là elle se prostitua à lui en telle façon qu'elle engrossa.

Et de plus j'ai ouï dire qu'outre ses femmes et filles ordinaires qui étaient à sa suite, les étrangères qui la venaient voir, dans les deux ou trois jours, ou toutes les fois qu'elles y venaient, elle les apprivoisait aussitôt à ce jeu, faisant montrer aux siennes premièrement le chemin, et aller devant elles, et les autres après : si bien qu'elles étaient étonnées de ce jeu les unes, et les autres non.

Vraiment, voilà un plaisant exercice!

BRANTÔME.

*
* *

## RUSE FÉMININE.

Une jeune femme d'Orléans, ne voyant aucun moyen par lequel elle pût avertir un jeune écolier qui lui plaisait sur tous, usa, pour parvenir à son intention, qui était de l'attirer dans ses lacets, de la débonnaireté de son beau père confesseur, qu'elle vint trouver dedans l'église, où le jeune écolier se promenait; et, faisant la désolée, conta (sous prétexte de confession) à ce beau père qu'il y avait un jeune écolier qui la poursuivait incessamment de son déshonneur, en se mettant lui et elle aussi, en très grand danger, lequel elle lui montra (par cas fortuit) au même lieu, ne pensant aucunement à elle. Elle le pria affectueusement de lui faire telle remontrance qu'il savait être requise en tel cas.

Et, sur cela, comme celle qui feignait tout ceci afin de faire venir à soi celui qu'elle accusait faussement d'y venir, elle disait quant et quant à ce père confesseur (par le menu) tous les moyens desquels l'écolier usait, racontant qu'il avait accoutumé de passer au soir par-dessus une telle muraille, à telle heure, pour ce qu'il savait que son mari n'y était pas alors; et qu'il montait sur un arbre, pour entrer ensuite par la fenêtre.

Bref, il faisait ainsi et ainsi, et usait de tels moyens qu'elle avait grand peine à se défendre.

Le beau père parle à l'écolier, et lui fait les remontrances qu'il pensait être les plus propres. L'écolier, qui savait en sa conscience qu'il n'était rien de tout ce que cette femme disait, et qu'il n'y avait jamais pensé, fit toutefois semblant de recevoir ses remontrances, comme celui qui en avait besoin, et en remercia le beau père; mais, comme le cœur de l'homme est prompt au mal, il eut bien de l'esprit jusque-là pour connaître que cette femme l'avait accusé de ce qu'elle désirait qu'il fit, vu même qu'elle lui donnait toutes les adresses et tous les moments dont il devait user.

Sur cette occasion, le jeune homme, allant de mal en pis, ne faillit à tenir le chemin qu'on lui enseignait; de sorte qu'au bout de quelque temps, le pauvre beau père, qui y avait été de bonne foi, se voyant avoir été trompé par la ruse de cette femme, ne se put tenir de crier en pleine chaire:

—Je la vois, celle qui a fait son m..... de moi!

Et, ayant été dévoilée, elle n'osa retourner en confesse à lui.

# TABLE

CORBEIL. — IMPRIMERIE B. RENAUDET.

QUATRIÈME VOLUME. — Simple Badinage. — Les Étrennes bien reçues. — En buvant du Vin clairet.

CINQUIÈME VOLUME. — La surprise de Nemrod. — Sœur Théodose. — Sagesse musulmanne.

SIXIÈME VOLUME. — Une rupture. — Conte oriental. — Propos de Carême.

LA COLLECTION SE COMPOSERA DE 12 VOLUMES PARAISSANT TOUS LES MOIS

---

LES JOYEUSES

# HISTOIRES

## DE NOS PÈRES

JOLIS VOLUMES IN-12, ORNÉS D'UNE EAU-FORTE PAR KAUFFMANN

*Couverture en couleur d'après une aquarelle de Kauffmann*

PRIX : 2 FR.

IL PARAIT UN VOLUME TOUS LES MOIS

Il a été tiré à part 30 exemplaires numérotés à la presse sur papier impérial du Japon avec triple épreuve de l'eau-forte avant la lettre, en noir, bistre et sanguine, au prix de 10 fr.

# SOMMAIRE DES VOLUMES PARUS

PREMIER VOLUME. — Cocu sans honte de sa femme. — La duchesse ou lafemme sylphide. — Cornes pour cornes. — La belleMarciole ou la fille aux cerises. — Les amours de Panurge. — Pautrot et la dame de Nuaillé. — La nonne savante. — Anecdotes plaisantes et menus propos.

DEUXIÈME VOLUME. — Le procureur et son clerc. — Amour et bastonnade. — L'entrée du Grand Turc à Constantinople. —Les œufs cassés. — De l'utilité de la barbe. — Manière bien nouvelle de construire les murailles de Paris. — Le veau. — Le trou du diable. — Ileut tort. — Mœurs persanes au XVII^e siècle. —Anecdotes.

TROISIÈME VOLUME. — La médaille à revers. — La femme qui fit trois fois le tour de l'église. — L'homme en mal d'enfant. — La fille de trois couleurs. — Borgne et cocu. — Comment Gargantua paya sa bienvenue aux Parisiens. — L'aventure du pot de chambre. — Anecdotes.

QUATRIÈME VOLUME. — La culotte du juge. — Le chantre de Saint-Hilaire de Poitiers. — Mésaventures de Ragotin. — Les deux cordeliers. — La pêche de l'anneau. — Et alors... — Un petit mal pour un grand bien. — Anecdotes.

CINQUIÈME VOLUME. — Le ruisseau miraculeux. — Le bel écuyer. — Cocus prudents ou insensibles. — Les mésaventures d'un concierge, de sa femme, de quatre voleurs et d'un pèlerin. — Amour et désillusion. — Le sentier battu. — Anecdotes.

SIXIÈME VOLUME. —Le seau d'eau. — Qui en veut, elle est bonne et fraîche! — Les roueries de Dame Simone. — La belle commissaire, ou l'Amour physique. — Anecdotes.

SEPTIÈME VOLUME. — Le Remède merveilleux. — Le Psautier de l'Abbesse. — De celui qui acheva l'oreille de l'Enfant à la femme de son voisin. — Un mariage libre. — Le Cocu armé. — Le faux Eunuque. — Anecdotes.

LES

# AMOURS DE NAPOLÉON III

La femme au perroquet.
Une mascarade à Rome. — Une Majesté en affront.
La belle Irlandaise.
Margot. — La belle Mexicaine, etc., etc.

PAR L'ABBÉ C***

UN VOLUME GRAND IN-8 AVEC GRAVURES DANS LE TEXTE,
COUVERTURE ILLUSTRÉE

PRIX : 2 FR. 25

---

LES

# FEMMES DE L'EMPIRE

PREMIÈRE PARTIE. — Grandes dames. — Actrices. — Courtisanes. — Prélats de cour. — Le troisième sexe. — Le scandale de la rue du Bac. — L'affaire de la rue Marbeuf.
Prix : 2 fr. 25.

DEUXIÈME PARTIE. — La bohème galante, littéraire, artistique, militaire et politique. — M. et Mme Putiphar. — Une actrice au champagne. — L'inceste. — L'amour en wagon, etc.
Prix : 2 fr. 25.

PAR L'ABBÉ C***

*Les deux parties réunies en un volume grand in-8, gravures dans le texte*

PRIX : 4 FR. 50

# HISTOIRE SECRÈTE
# de Napoléon III

PREMIÈRE PARTIE. — L'empereur et son entourage. — Les dessous de l'affaire Orsini. — La police de l'Empire, etc. Prix 2 fr. 25.

DEUXIÈME PARTIE. — L'impératrice et l'entourage. — L'affaire des Champs-Elysées. — Les secrets d'unpassé dangereux, etc. — Prix : 2 fr. 25.

TROISIÈME PARTIE. — Les scandales dans l'armée. — L'empereur et ses généraux. — Forey en Crimée. — Montauban en Chine. — Bazaine au Mexique, etc. Prix : 2 fr. 25.

PAR UN ANCIEN PROSCRIT

*Les trois parties en un volume grand in-8, avec gravures dans le texte*

PRIX : 5 FR.

---

# La Chute de l'Empire

SUITE DE « L'HISTOIRE SECRÈTE DE NAPOLÉON III »

L'impératrice et M. Ém. Ollivier. — Les forces de la France et de l'Allemagne. — Wissembourg. — Wœrth. — Freschwiller. — Reischoffen. — Sarrebruck. — Spikeren. — Forbach. — La guerrenavale. — Metz. — Borny. — Gravelotte. — Saint-Privat.

PAR UN ANCIEN PROSCRIT

*Un vol. gr. in-8 de 650 pages, gravures dans le texte*

PRIX : 5 FR.

## LA VÉRITÉ SUR LA COMMUNE

SUITE DE « L'HISTOIRE SECRÈTE DE NAPOLÉON III »

Le complot clérical. — Les causes de la commune. — Le 18 mars; La commune. — La semaine sanglante.

PAR UN ANCIEN PROSCRIT

PRIX : 5 FR.

---

## LES MILLIONS DU TRAPPEUR

*Grand roman d'aventures*

PAR LOUIS NOIR

Grand in-8 avec gravures dans le texte

PRIX : 5 FR.

---

## LE MORNE AUX GÉANTS

SUITE DES « MILLIONS DU TRAPPEUR »

Par Louis NOIR

*Grand in-8 avec gravures dans le texte*

PRIX : 5 FR.

---

## MES SEPT ANS DE BAGNE

Sous terre. — La chasse à l'insurgé. — De Versailles à Toulon. — Le poteau de Satory. — De Paris à Toulon. — Les secrets du bagne. — De Toulon à Nouméa. — Le tour du monde en cage. — L'enfer de l'île Nou. — La presqu'île Ducos. — Déportation. — Les évasions célèbres.

PAR UN ANCIEN FORÇAT

PRIX : 4 FR.

# MÉTHODE SANDERSON

## L'ANGLAIS SANS PROFESSEUR

EN 50 LEÇONS

*Cinquante livraisons à 25 centimes. — Quatre parties à 3 francs.*

L'ouvrage complet forme un magnifique volume in-8 de 600 pages au prix de **12 francs**.

## L'ALLEMAND SANS PROFESSEUR

EN 50 LEÇONS

*Cinquante livraisons à 25 centimes. — Quatre parties à 3 francs.*

L'ouvrage complet forme un magnifique volume in-8 de 600 pages au prix de **12 francs**.

## L'ESPAGNOL SANS PROFESSEUR

EN 50 LEÇONS

*Cinquante livraisons à 25 centimes. — Quatre parties à 3 francs.*

L'ouvrage complet forme un magnifique volume in-8 de 600 pages au prix de **12 francs**.

## L'ITALIEN SANS PROFESSEUR

EN 50 LEÇONS

*Cinquante livraisons à 25 centimes. — Quatre parties à 3 francs.*

L'ouvrage complet forme un magnifique volume in-8 de 600 pages au prix de **12 francs**

EN VENTE CHEZ TOUS LES LIBRAIRES

---

CONTES

# PANTAGRUÉLIQUES

ET GALANTS

PAR

ARMAND SILVESTRE

Charmants volumes in-32 illustrés de nombreux dessins dans le texte par Kauffmann. Couverture aquarelle

PRIX : 1 FR.

*La collection se composera de 12 volumes paraissant tous les mois*

---

LES

# JOYEUSES HISTOIRES

DE NOS PÈRES

Jolis volumes in-12 ornés d'une Eau-forte par Kauffmann. Couverture aquarelle

PRIX : 2 FR.

*Il paraît un volume tous les mois*

---

CORBEIL. — CHROMOTYP. B. RENAUDET

www.ingramcontent.com/pod-product-compliance
Ingram Content Group UK Ltd.
Pitfield, Milton Keynes, MK11 3LW, UK
UKHW021547260726
13993UKWH00002B/687